L'INONDATION
DU VAL
DE LA LOIRE

POÉSIE

Par M. Paul GERMIGNY

OUVRIER TONNELIER

A CHATEAUNEUF-SUR-LOIRE.

Se vend au Profit des Inondés

CHEZ TOUS LES LIBRAIRES.

PARIS.

1846.

L'INONDATION

Du Val de la Loire

20 Octobre 1846.

A l'horizon, là-bas, sous ces brumes bleuâtres,
Se cache la Sologne, où quelques pauvres pâtres,
De rares bûcherons au teint hâve, fiévreux,
Au milieu des marais végètent souffreteux.
Les vapeurs s'élevant de ces plaines boisées,
Et pesant sur les airs en impures rosées,

A ce pays maudit semblent faire un bandeau.
Ici, tout à côté, c'est un Eldorado ;
La nature en ces lieux brille en toute sa gloire :
C'est un pays béni ; c'est le VAL DE LA LOIRE.

Voyez comme ce sol morcelé, divisé,
Et sous des bras nombreux partout fertilisé,
Témoigne que chacun, accourant au partage,
De ce riche vallon enviait l'héritage :
Le second a repris sur la part du premier,
Et le sol est partout coupé comme un damier.
Auprès d'un trèfle épais, le pampre de la vigne,
Aux côtés du sillon, en double rang s'aligne ;
Un carré de moissons montre ses blonds épis,
Où le sainfoin étale un chatoyant tapis.
D'une terre féconde et du travail amie,
L'homme ainsi varia la physionomie :
Nul petit coin désert ; et, sous d'agiles mains,
La culture partout rétrécit les chemins.
Le voyageur surpris, en parcourant la plage,
A peine reconnaît le chef-lieu du village :
Des toits nombreux, groupés, traînés, mêlés, épars,
De clocher en clocher courent de toutes parts.
Ici, d'enfants joufflus un gros hameau fourmille ;
Plus loin vit dans son champ une seule famille ;
Et l'humble possesseur d'un héritage étroit
Toujours près de son champ a son modeste toit.

Partout la tuile rouge et les murailles blanches,
Qu'entourent des pêchers à leurs premières branches,
Indiquent que, parmi tant d'habitants pressés,
Des habitants nouveaux se sont encor placés ;

Que le terrain, ici, de fruits toujours prodigue,
Sait payer en produits ce qu'il coûte en fatigue,
Et que le Val fécond, augmentant ses élus,
Peut nourrir chaque jour des habitants de plus ;
Tandis qu'en mille endroits les murailles grisâtres,
Sous la mousse qui croît des toitures verdâtres,
Qu'abritent du soleil les immenses noyers,
Des anciens habitants montrent les vieux foyers.
Ici, le toit d'ardoise élevé d'un étage,
Du bourgeois de la ville annonce l'héritage.
Les contrevents sont peints, des murs closent la cour ;
Le jardin d'une haie enferme son contour.
L'amandier, le figuier s'unissent à la treille.
Deux berceaux de jasmin, de figure pareille,
S'élèvent aux deux bouts d'un chemin nivelé,
Bordé de quelques bancs, soigneusement sablé,
La pêche, l'abricot, grimpent en espaliers ;
Le buis forme des ronds, des croix de chevaliers ;
Au milieu du jardin, quand le soleil l'éclaire,
On lit l'heure du jour sur un cadran solaire.

Long-temps de ce logis tous les volets sont clos ;
Et l'hirondelle en paix voit ses petits éclos
Dans le tranquille nid que, toutes les années,
Elle revient bâtir au sein des cheminées.
Ces lieux semblent déserts... Attendez cependant :
Déjà l'été finit, et son soleil ardent,
Prodiguant sa chaleur à la grappe pourprée,
A fait d'un âcre jus une liqueur sucrée.
Déjà, moins verdoyant, le pampre se ternit,
Le feuillage est plus rare, et le sarment brunit.

C'est la douce saison où les calmes soirées,
Par de tièdes rayons sont long-temps éclairées ;
Où, sur tout l'horizon, sans tonnerre, sans bruit,
De flamboyants éclairs ruissellent dans la nuit :
Effet accoutumé, très commun météore
Que sans étonnement le hameau voit éclore,
En qu'en patois du Val et des pays voisins,
On nomme simplement : LA TOURNE DES RAISINS.
Le mouvement, la vie est partout redoublée :
Du bourgeois la maison est soudain repeuplée ;
Le feu brille dans l'âtre ; et ses planchers poudreux
Frémissent sous les pas de ses hôtes nombreux.
La fumée en flocons monte des cheminées ;
Les fenêtres, le soir, brillent illuminées ;
Et l'actif mouvement, les lumières, le bruit,
Ne s'éteignent souvent que bien loin dans la nuit.

L'activité partout ainsi se multiplie.
Le bruit retentissant des tonneaux qu'on relie,
Les longs cris des enfants qui courent au hasard,
L'enivrement soudain glissant de toute part,
Qui vient électriser la rieuse jeunesse,
Et réchauffer encor le cœur de la vieillesse ;
Les chants des vendangeurs par la joie appelés,
Des lieux environnants tout-à-coup rassemblés ;
Cette rumeur confuse, indéfinie, étrange,
D'un pays qui salue à la fois la vendange,
Remplissent tout le Val, et, frappant les coteaux,
De la calme Sologne éveillent les échos.

C'est un spectacle à voir au lever de l'aurore :
Le ciel à l'orient ne blanchit pas encore,

Que déja le sommeil a quitté les hameaux ;
On apprête les chars, on charge les tonneaux ;
Déjà dans le foyer les flammes vacillantes
Font briller au dehors les vitres scintillantes,
Et, passant, repassant, les lumineux fallots
Éclairent quelques traits de ces mouvants tableaux.
Des nombreux vendangeurs éveillés dans la joie,
La voix retentissante en longs chants se déploie.
De tous côtés dans l'ombre on entend mille cris,
Des mots interrompus terminés par des ris.
Mille voix qui de loin s'appellent, se répondent,
Se croisent en tous sens, dans les airs se confondent ;
Et le coursier joyeux, par son hennissement,
Semble prendre sa part de cet enivrement.

Le jour naît ; du hameau les lumières pàlissent ;
Soudain de vendangeurs les vignes se remplissent ;
Des tonneaux sur les chars vous entendez le son
Qui se mêle partout au bruit de la chanson.
Vous voyez défiler de brunes vendangeuses,
Portant serpe et panier dans leurs mains courageuses,
De vigoureux garçons, la hotte sur le dos,
Qui déjà se courbant sous de pesants fardeaux,
Tremblent sur leurs genoux qui fléchissent...... Qu'importe ?
Il n'est point de fardeaux quand c'est le vin qu'on porte.
Les ceps semblent avoir des voix, le mouvement :
Tout s'anime, murmure ; et l'œil à tout moment
Découvre une autre scène, un nouvel épisode.
On se croirait aux jours d'Orphée ou d'Hésiode,
Où la divinité se glissant en tout lieu,
Le pampre avait sa voix, le cep avait son dieu.

Alors j'aime le bruit des tonneaux que l'on roule,
La pénétrante odeur des raisins que l'on foule,
Sur les ceps safranés, sous le soleil levant,
Les blanchâtres vapeurs que promène le vent ;
Ces rayons attiédis, si doux, qui réjouissent,
Et sous qui, plus légers, les cœurs s'épanouissent ;
Ces chants aux faux accords, mais qui, partis des cœurs,
S'échappent spontanés, se mêlent en longs chœurs ;
Dans les pampres frôlés la beauté qui se joue,
Dérobe au vigneron une vermeille joue,
Tandis que l'agresseur, poursuivant son larcin,
Applique un gros baiser sur un ferme et blanc sein.
On rit ; la jeune fille est un instant confuse ;
Mais son trouble a passé : la vendange l'excuse.
Moi, j'aime à me mêler à ces joyeux ébats,
A partager ces jeux, ces innocents combats
Où la vive gaîté sur tous les fronts rayonne ;
J'aime à boire à longs traits le vin doux qui bouillonne ;
A voir mes compagnons, de raisins barbouillés,
Me rouler avec eux dans les ceps dépouillés.
J'aime tout ce tumulte et toutes ces folies.
Quand par les travailleurs les cuves sont remplies,
J'aime encore, au cellier ramené par le soir,
A fouler les raisins, à tourner le pressoir,
Sous le plancher rougi qui pressure la grappe,
A voir le vin fumant qui bouillonne et s'échappe,
Se répand en cascade, en ruisseau de rubis,
Jaillit jusqu'à nos fronts et tache nos habits.

Si je ne me hâtais dans ces tableaux rustiques
Pour crayonner bientôt des scènes pathétiques,
Ici je décrirais un spectacle enchanté
Que souvent dans ces jours le Val m'a présenté.

Quand du soleil baissant les clartés adoucies
Montrent des bois lointains les vapeurs épaissies;
Sur le fleuve calmé quand l'oblique rayon
De feux étincelants projette un long sillon,
S'épanche en gerbes d'or dans la nue éclairée,
Enflamme au bord du ciel la vapeur empourprée,
Et dans les eaux doublant tous ses changeants tableaux,
Tour à tour vient dorer, rougir, moirer les flots;
Et d'instant en instant se retirant plus pâle,
Laisse sur l'onde unie un long reflet d'opale,
C'est alors que l'air tiède est tout-à-fait calmé,
Que son azur moins vif, faiblement embrumé,
Dépouillant les clartés de leur vigueur éteinte,
Répand sur la campagne une plus douce teinte,
Et, flattant les regards, des objets éloignés
Adoucit les contours dans ses lueurs baignés.
Le vieil orme, le chêne à la sombre verdure,
Qui dans les soirs d'été montrent leur masse obscure,
Et, projetant leur ombre au loin sur les sillons,
Du soleil éclatant éteignent les rayons,
Étalant maintenant leurs feuilles mélangées,
Aux nuances de soufre, aux teintes orangées,
Se sont harmonisés avec de plus doux feux,
Et sèment à l'entour des reflets lumineux.
La vigne qui marquète au lointain la vallée,
Dessine tous les plis de la terre ondulée,
Par l'ombre, dans les fonds, voit ses ceps couronnés,
Et se dorer ailleurs ses pampres safranés.
Les plus vives couleurs de toutes parts s'éteignent;
Plus uniformément tous les objets se teignent :
De ce vaste tableau faiblement nuancé,
Le contraste frappant s'est partout effacé,

La fleur, que le gazon montre par intervalles,
S'est revêtue aussi de nuances plus pâles.

Ce n'est point là l'hiver dont les traits assombris
Se confondent partout sous un ciel lourd et gris :
Mais la nature alors, légèrement ternie,
Semble se reposer dans sa vaste harmonie.

Oh! que ne puis-je rendre en mes fidèles chants
Ces ravissants effets qu'alors offrent les champs,
Devant lesquels souvent notre âme s'extasie!
L'âme en comprend le charme, en sent la poésie;
Mais quand pour les traduire on cherche des accents,
On en perd les détails; les mots sont impuissants.
Comment peindre la feuille aux teintes bigarrées,
Allant de l'émeraude aux nuances pourprées,
Alliant, variant tous les tons des couleurs,
Et leurs effets lointains sous les molles lueurs?
Ces dernières senteurs d'une sève tardive,
Qu'exhale en jaunissant la feuille maladive?
Ces émanations d'un sol chauffé long-temps,
Qui montent dans les airs plus douces qu'au printemps?
Ce ciel pur, souriant, et pourtant monotone?
Ces rayons affaiblis, ces lueurs de l'automne,
Qui, frappant des objets bien connus du regard,
Leur donnent cependant un caractère à part?

A nos ravissements la tristesse s'allie;
On jouit, et l'on cède à la mélancolie :
La végétation belle, mais sans vigueur,
Semble communiquer à nos sens sa langueur.

J'aime, en peignant le Val, que mon crayon fidèle
Montre plus d'un aspect de mon brillant modèle.
Sur la côte, là-bas, dessinée à grands traits,
La Sologne étalant son rideau de forêts,
Au midi, forme un cadre à ce lac de verdure ;
Au nord, un large fleuve en forme la bordure.
Le sage Créateur, près de ce beau vallon,
Mit ce vaste miroir comme dans un salon.
Devant un rare objet notre art bien souvent place,
Pour en doubler la vue, une fidèle glace.
Ou peut-être, sachant que trop riche de fruits,
Le Val devrait au loin écouler ses produits,
Il a placé ces eaux comme une utile voie
Où marchent les fardeaux qu'aux cités on envoie.
L'homme même acheva l'œuvre du Créateur :
L'argile en longs remparts d'une égale hauteur,
Dont la pierre revêt le talus qui s'incline,
Montre, aux bords, une double et factice colline.
Pour fonder ce travail, le solide pilot
Alla chercher le tuf sous le mobile flot ;
Et, lui taillant sa part du vallon qu'elle inonde,
Dans son lit limité ce rempart contint l'onde.

La nature n'est pas bonne mère toujours :
Elle a ses noirs accès ; elle a ses mauvais jours ;
Elle est capricieuse, et ses dons admirables
Se changent quelquefois en fléaux effroyables ;
Et quand l'homme se prend avec les éléments,
Son art et ses efforts sont souvent impuissants.

Ce pur miroir du Ciel qui si paisible coule,
Voyez-le... Tout-à-coup, comme une énorme houle,
L'onde en long bourrelet sur l'onde s'élevant,

Roule, écume, frémit, bouillonne en arrivant.
Au vaste flot qui fuit un autre flot succède,
Puis un autre, et toujours ; ils montent ; tout leur cède.
Ces bateaux dans le port solidement ancrés,
Sur leurs câbles puissants se tenaient assurés ;
Ils luttent un moment... Mais le câble qui fume
Se rompt... Au gré des flots tournant avec l'écume,
Quelque temps dans leur course on les suit du regard ;
Ils vont, éparpillés, se briser au hasard.
A la place où le fleuve engloutit cette proie,
L'onde un instant s'agite et l'écume tournoie ;
Mais bientôt tout est dit ; l'onde poursuit son cours...
Pourtant plus abondant le flot monte toujours,
Monte vite, et, malgré les efforts qu'on prodigue,
Va bientôt dépasser la crête de la digue.
Les habitants du Val effrayés, consternés,
Sont tous là ; vers les flots tous les yeux sont tournés ;
Peut-être ils pourraient fuir... Mais leur fortune reste ;
Fortune pauvre, hélas ! Mais plus elle est modeste
Aux yeux de nos Crésus, moins elle a de valeur,
Plus elle est nécessaire au petit possesseur ;
Un seul moment peut-être, elle leur est ravie.
Faut-il abandonner tout ce qui fait la vie ?
Faut-il, pour le garder, se risquer ?... Cependant
Le fleuve est là qui monte et s'approche en grondant.
Oh ! comment arrêter ce conquérant sauvage
Qui vient sur les mortels reprendre son rivage !
Ce terrible géant qui semble du regard
Couver son ancien lit que défend un rempart !
Au sommet de ce mur avec rage il s'élance ;
Il le pousse, il le bat, rugit d'impatience ;
Contre ses coups puissants plus ces remparts sont forts,
Plus cette résistance augmente ses efforts.

Mais un long cri d'effroi s'élève de la foule :
A travers le rempart l'onde pénètre et coule :
La retraite est peut-être impossible... A la fois
Les digues tout-à-coup s'ouvrent en dix endroits !..

C'est un tableau d'horreur, mais un tableau sublime !
Comme un tigre affamé qui fond sur sa victime,
Le fleuve, par la brèche avec fureur roulant,
Se précipite, écume, et bondit en hurlant.
En rampant, s'allongeant, le flot de loin arrive,
Se presse ; de la brèche il embrasse la rive ;
La secoue en sifflant, s'y cramponne, la mord,
Et l'emporte en débris dans ses bouillons qu'il tord ;
Il se roule en longs nœuds, sur les champs se déploie,
Et semble, en clapotant, sourire dans sa joie.
Il creuse la vallée, efface les sillons,
Tord l'arbre qu'il emporte en ses bruyants bouillons,
Et dans ses fondements va saper la chaumière.
Le jour de ce tableau retire sa lumière ;
Avec le fleuve alors semble ligué le ciel,
Et de la pluie encor le flot torrentiel,
S'épanchant en ruisseaux dans la plaine inondée,
Roule et marche au-devant de l'onde débordée.
Le vent d'ouest, sur les eaux déchaînant sa fureur,
Ajoute à ce spectacle une nouvelle horreur ;
Et l'air impétueux qui, tourbillonne et gronde,
Semble rivaliser de furie avec l'onde.
Quel spectacle navrant ! que de scènes de deuil !
D'une chaumière ici le flot touche le seuil,
Vient couvrir le foyer ; et dans cette chaumière
Sont enfants et vieillard : une famille entière.
Effrayé, demi-nu, sans sauver un denier,
On s'enfuit en désordre, on gagne le grenier ;

On emporte, on entraîne une mère souffrante
Qui dans son lit peut-être à cette heure est mourante,
Et qui, demi-vêtue et le cœur plein d'effroi,
Frissonne en même temps d'épouvante et de froid ;
Le débile vieillard, l'enfant à la mamelle,
Tout gémit, et la plainte au bruit des eaux se mêle.
Mais on n'est point encore à l'abri du fléau ;
Les yeux avec angoisse observent son niveau ;
Il monte !.. Le bétail surpris dans les étables
Pousse des beuglements effrayants, lamentables.
Avec quelle douleur le villageois l'entend !
C'est son avoir perdu... C'est le sort qui l'attend :
Car déjà le grenier où sa famille pleure
Est aussi menacé par le flot qui l'effleure.
Il faut monter encor, se hisser sur le toit.
Comment se placer tous sur ce faîtage étroit?
Comment y transporter la mère défaillante ,
Sous un vent glacial, une pluie incessante?
Mais nul salut ailleurs!.. Le danger rend plus fort :
Ils atteignent ce but dans un suprême effort.
Sur leur corps épuisé qui s'affaisse et chancelle
L'air glace la sueur, la pluie à flots ruisselle ;
Et le fleuve, attirant leurs regards effrayés,
Monte, monte, et déjà leur a couvert les pieds ;
Ils entendent craquer la toiture ébranlée...
Ailleurs, des gens pleurant leur chaumière écroulée,
Du terrain, quelque temps, recherchent les hauteurs ;
Mais toujours poursuivis par les flots destructeurs,
Des arbres élevés ils ont gagné la cime,
Et là, raidis, crispés, balancent sur l'abîme.
Les flots au-dessous d'eux creusent le sol mouvant,
Et les arbres déjà s'inclinent sous le vent.
Quels lamentables cris! Que de craintes, d'angoisses!

Au loin le tocsin sonne à toutes les paroisses,
Et roulant sur les eaux, ses lugubres accords
Semblent les sons plaintifs de la cloche des morts.

Ce riche et gai vallon qui fêtait la vendange,
Cherchez-le maintenant... Quel désastreux échange !
Abîmé tout entier dans le fleuve fangeux,
Il ne présente plus, sous un ciel orageux,
Que des arbres dont l'eau va tourmenter les cimes,
Le faîte de ses toits, de nombreuses victimes
Appelant à leur aide, et pleurant leurs abris
Sur leurs toits ébranlés, au milieu des débris.

La Loire, ce n'est plus un fleuve à l'eau paisible :
C'est une mer immense au grondement terrible :
Des bords de la Sologne à ses coteaux du nord,
Elle roule l'effroi, le désastre et la mort.
Dans cette eau qui blanchit sous la nuit ténébreuse,
La vague mugissante en longs sillons se creuse,
Et sous les coups du vent les flocons écumeux
S'éparpillent dans l'air en mille jets fumeux.
Par ce bruit, ces flocons, l'oreille est assourdie,
Les yeux sont aveuglés, la tête est étourdie.

Quoi donc ! Le fleuve seul se promène en vainqueur !
N'est-il pas un seul bras, n'est-il pas un seul cœur
Qui de l'aller braver se sente le courage !
Il a tout balayé ; tout fuit devant sa rage :
Intrépides marins, quoi ! vous êtes donc morts?
Vains et froids spectateurs restez-vous dans vos ports?
Pouvez-vous ignorer qu'inondant ses rivages,
La Loire a dans le Val commis bien des ravages?

Ce fleuve où, tout enfants, vous avez tous dormi,
Que loin vous regrettez comme un premier ami;
Qui vous donne en tous temps et travail et salaire,
Aujourd'hui, vous aussi, craignez-vous sa colère?
Des nombreux inondés appelant au secours,
N'êtes-vous pas, vous seuls, après Dieu, le recours?

Ah! Je vous connaissais… Hasardés dans la brume,
Secoués par les vents, perdus parmi l'écume,
Vos fragiles esquifs, sous vos bras vigoureux,
Volent de toutes parts aux cris des malheureux.
Que de périls! L'écueil, les courants et la houle,
Le toit en l'abordant sur votre esquif s'écroule.
L'arbre aux vastes rameaux sous les ondes caché,
Le buisson qu'en passant votre esquif a touché,
Le plus faible débris qui vous froisse, vous frappe,
Vous fait sombrer soudain; à la mort nul n'échappe.
Et pourtant que d'écueils, de débris sous les flots!
Point de crainte! Volez, courageux matelots!

Combien d'infortunés sont sauvés du naufrage!
Que d'actions d'éclat! Que de traits de courage!
Un autre quelque jour pourra les publier;
Aujourd'hui je me tais de peur d'en·oublier.

A l'envi redoublez l'ardeur qui vous anime;
Aux flots ne laissez point, s'il se peut, de victimes;
Ce succès obtenu, demain on l'oubliera;
Mais un beau souvenir long-temps vous le dira.

PAUL GERMIGNY,

OUVRIER TONNELIER,

A Châteauneuf-sur-Loire (Loiret).

SUR LA CHUTE DU NOUVEAU PONT D'ORLÉANS.

———

. . . .

Mais du fleuve soudain l'onde croît et se trouble ;
Elle monte, s'étend et couvre au loin ses bords ;
Le pont, la resserrant, concentre ses efforts :
Contre les forts piliers s'élançant, les tourmente ;
Elle semble, en tordant autour d'eux ses bouillons,
Vouloir les dévorer de ses longs tourbillons.

Le ciment peu durci bientôt quitte les pierres ;
Une cède, puis vingt, puis des piles entières ;
Et les arches, croulant avec un bruit affreux,
Disparaissent soudain sous les flots écumeux.

Imprimerie de Jules-Juteau et Cᵉ, rue Saint-Denis, 345.

Imprimerie de Jules-Juteau et Ce, rue Saint-Denis, 345.

www.ingramcontent.com/pod-product-compliance
Lightning Source LLC
Chambersburg PA
CBHW061526170626
46811CB00004B/1868